ESTUDIO BÍBLICO

LA FE EN JESÚS

UNA PALABRA
DEL AUTOR

A través de este curso interactivo, que presenta una historia, preguntas con sus respuestas, una asignación en cada elección y una resolución para internalizar el conocimiento adquirido; conocerás a la maravillosa persona que es Jesucristo.

Aceptarlo hará la diferencia en tu vida. Porque un día... todo va a depender de tu fe en Jesús.

Luis Astudillo. MRF. BA.
Autor del Estudio Bíblico
"La Fe En Jesús"

ESTUDIO BÍBLICO

LA FE EN JESÚS

Texto:
Luis R. Astudillo Z. MRF. BA.

Editor:
Ana Victoria Monasterio. BS.

Diagramación y Diseño:
Yuanvic Casanova. BA.

Fotografias:
Lightstock

2021
UNITED STATES

CONTENIDO

DATOS
PERSONALES

Nombre y Apellido:_____.

Edad:_____.   Dirección:_____

_____.

Teléfono:_____.   Ciudad:_____.

Lección 1

ALGUIEN ME AMA

Las personas que viajaban en sus automóviles por el largo puente entre las ciudades de San Francisco y Oakland, vieron de pronto con asombro que un vehículo se dirigía hacia un lado y se detenía. La puerta del conductor se abrió violentamente y un joven salió corriendo y se dirigió a la defensa del puente. Subió sobre él y allí permaneció durante unos instantes mirando las olas del mar empequeñecidas por la gran altura a que se encontraba. De pronto dio un salto y se arrojó al encuentro de su muerte.

Los que presenciaron este drama quedaron perplejos. Era demasiado tarde para ofrecer ayuda. Cuando la policía examinó el automóvil para descubrir la identidad del suicida, encontró varias cartas que referían su historia. Ese joven, muy endeudado, había perdido a su esposa y a su familia. Le parecía que a nadie le importaba si él vivía o moría. Nadie lo amaba. ¿Qué razón tenía para vivir? ¿Por qué no poner fin a su vida?

Hoy, mucha gente piensa como el joven que saltó desde el puente. Se les termina el dinero, pierden al amor de su vida, sus amigos los abandonan y ellos caen en la desesperación. Los problemas, las preocupaciones y el temor destruyen toda esperanza. Les parece que se encuentran en un callejón sin salida. Nadie los ama, y nadie los comprende.

La buena noticia es que hay Alguien que se preocupa de ellos. Alguien que los comprende y los ama independientemente de los errores que hayan cometido. Este Amigo siempre está listo para ayudarles si ellos tan sólo se lo permiten. Ese Amigo es Dios.

Lección 1
ALGUIEN ME AMA

¿QUÉ PUEDE SEPARARNOS DEL AMOR DE DIOS?
ROMANOS 8:38-39

DIOS ES UN PADRE AMANTE Y BONDADOSO

Si pensabas que Dios era un Juez severo que estaba esperando que cometieras un error para castigarte; al estudiar el Libro que revela su verdadero carácter, encontrarás que es justamente lo opuesto. Si, Dios es un Padre amante y bondadoso que está dispuesto a perdonarte y a ayudarte si se lo permites. ¡Si, Dios es un Amigo!

1. ¿Qué dice la Biblia sobre cómo es el carácter de Dios? 1 Juan 4:16.

_____

2. ¿Cómo manifiesta Dios diariamente amor hacia todas sus criaturas? Mateo 5:44-45.

_____

NOTA: Dios bendice tanto a los buenos como a los malos dándoles las cosas básicas que necesitan para la existencia. Todos ellos son sus criaturas y los trata con igualdad.

3. ¿Cuál es el origen de todo don bueno y perfecto que recibimos? Santiago 1:16-17.

_____

NOTA: Todas las cosas buenas que recibimos a diario provienen de Dios.

4. ¿Qué ejemplo emplea Jesús para mostrar el cuidado de Dios por sus criaturas? Mateo 6:26.

_____

ALGUIEN **ME AMA**

5.¿Qué seguridad tenemos de que Dios proveerá para nuestras necesidades?
Mateo 6:31-33. Salmos 145:15-16.

_____

NOTA: Dios no nos obligará a obedecer su voluntad, pero al abrirle nuestro corazón y darle el primer lugar en nuestras vidas, nos dará todo lo que realmente necesitamos.

6. ¿Cómo califica la Biblia ese amor de Dios? Jeremías 31:3.

_____

NOTA: Si, ese amor de Dios es eterno, invariable e incondicional. Su amor no cambia, incluso si decides no amarle, Él te seguirá amando. La gran evidencia de su amor eterno es que prolonga su misericordia para que le conozcamos mejor.

7.¿Cómo procura Dios atraernos hacia Él? Oseas 11:4.

_____

8. ¿Cuál es el acto culminante del amor de Dios? 1 Juan 4:9-10

_____

NOTA: La historia humana está llena de relatos de padres y madres que han expuesto sus vidas para salvar a sus hijos. Pero ¿podríamos tomar a la persona a quien más amamos y sacrificarla para salvar la vida de alguien que nos odia y nos tratara como enemigos? Esto fue exactamente lo que Dios hizo cuando envió a su Hijo para que muriera en nuestro lugar. ¿Podría haber una prueba más grande de su amor y preocupación por nosotros? Así es, mediante su vida y su muerte, Cristo es la revelación viviente del amor de Dios.

HISTORIA

El gran amor de Dios por cada pecador, fue descrito por Cristo en la historia del hijo pródigo en Lucas 15:10-24. "Les digo que así también hay alegría entre los ángeles de Dios por un pecador que cambia de actitud. "Jesús dijo también: Un hombre tenía dos hijos, y el menor dijo a su padre: "Padre, dame la parte de la herencia que me toca". Entonces el padre repartió los bienes entre ellos.

ALGUIEN ME AMA

Asignación

1. Haz una lista de cinco motivos por lo que te sientes agradecido a "tu Padre" celestial y que evidencian su amor por ti. Haz una oración de gratitud a Dios por su amor en tu vida.

2. Cada día, comparte con tres personas porque Dios es "tu Padre" amoroso.

3. Por 21 días lee diariamente el salmo del Amor 1 Corintios 13 y anota lo que aprendas.

Pocos días después, el hijo menor vendió su parte de propiedad y con ese dinero se fue lejos a otro país, donde todo lo derrochó llevando una mala vida. Pero cuando ya lo había gastado todo, vino una gran escasez de alimentos en aquel país, y comenzó a pasar hambre.

Entonces se fue a buscar trabajo con un hombre de ese país, el cual lo mandó a sus terrenos a cuidar puercos. Y tenía ganas de llenarse el estómago con las algarrobas que comían los puercos, pero nadie le daba nada. Entonces se puso a pensar: ¿Cuántos trabajadores en la casa de mi padre tienen comida de sobra? y yo aquí me muero de hambre! Voy a regresar a donde está mi padre, y le diré: Padre mío, he pecado contra Dios y contra ti; ya no merezco llamarme tu hijo; cuéntame como a uno de tus trabajadores, Entonces se puso en camino y regresó a la casa de su padre.

"Cuando todavía estaba lejos, su padre lo vio y sintió compasión de él. Corrió a su encuentro, y lo recibió con abrazos y besos. Entonces el hijo le dijo: Padre mío, he pecado contra Dios y contra ti; ya no merezco llamarme tu hijo; Pero el padre dijo a sus siervos: "Saquen pronto la mejor ropa, y vístanlo; pónganle también un anillo en el dedo, y calzado en los pies. Traigan el becerro engordado y mátenlo. ¡Vamos a comer y a hacer fiesta! Porque mi hijo estaba muerto, y ha vuelto a vivir; se había perdido, y lo hemos encontrado' Y comenzaron a hacer fiesta"

¡Tal vez te sientas en la misma forma que ese hijo! Posiblemente has estado alejado de la casa de tu Padre. Recuerda que él está esperando para darte la bienvenida. Si deseas amor, comprensión y perdón puedes encontrarlos volviendo hacia Él, ahora mismo.

RESUMEN: VERDADERO O FALSO. Encierra en un círculo la respuesta que consideres correcta.

V – F 1. **Dios tiene amor.**
V – F 2. **Dios nos ama sólo si le amamos primero a Él.**
V – F 3. **Dios creó este mundo y se ha olvidado de sus criaturas.**
V – F 4. **La verdadera prueba de amor es que el sol sale para los justos**
V – F 5. **Jesús es la mayor prueba del amor de Dios.**

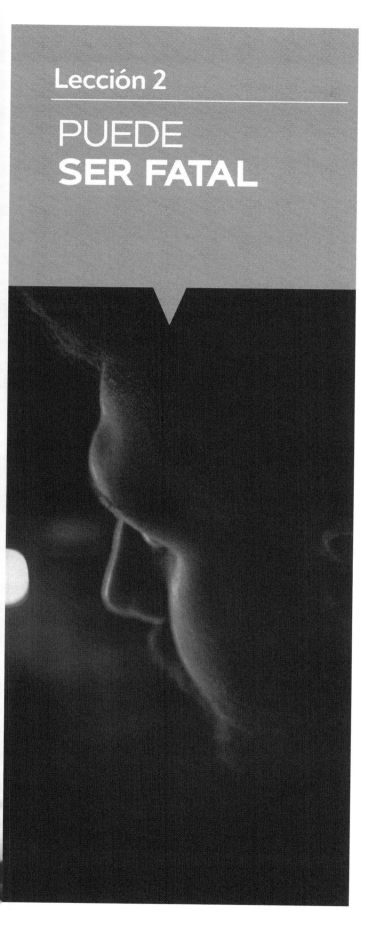

Lección 2

PUEDE SER FATAL

Una señora sintió un leve dolor en el abdomen. Pensó que se debía a algo que había comido y le había caído mal. Tomó un remedio y dedicó su atención a otra cosa. Pensó que no debía preocuparse por ese malestar. El dolor volvió durante los meses siguientes. Cada vez pensó que la causa era la comida. De modo que eliminó ciertas comidas de su régimen alimentario. Al parecer esto tuvo algún efecto favorable. Transcurrieron los meses y los dolores se presentaron con mayor intensidad y frecuencia.

Finalmente le habló de su problema a su esposo y él la instó a consultar al médico. Como ella tenía miedo a los médicos rehusó ir. Pero como el dolor se hizo casi constante y comenzó a perder peso, su esposo llamó al médico y arregló una cita.

Pero ella nuevamente rehusó ir. Para entonces comenzó a temer que esos dolores tuvieran algo que ver con el cáncer. Si era así, dijo que no quería saberlo. Sus amigos comenzaron a aconsejarla acerca de lo que debía comer y hacer. Cada persona parecía tener una nueva cura, y sin embargo la enfermedad continuó empeorando.

Una noche, cuando se sentía demasiado débil como para protestar, su esposo la llevó urgentemente al hospital. El cirujano la operó y la envió de vuelta a la casa para que muriera allí. La enfermedad era verdaderamente cáncer. Si se hubiera hecho examinar a tiempo es muy posible que se hubiera salvado. Pero su demora resultó fatal. El médico habría podido ayudarla. Pero no pudo hacer nada porque ella no reconoció que necesitaba su ayuda, ni fue a consultarlo.

Lección

2

PUEDE **SER FATAL**

¿CÓMO DEFINE LA BIBLIA EL PECADO?
ROMANOS 14:23
SANTIAGO 2:9 Y 4:17

ACEPTEMOS LA AYUDA OFRECIDA POR DIOS

El Médico Divino está a nuestro lado listo para darnos ayuda. Pero muchos morirán a causa del temible cáncer del pecado que está carcomiendo sus almas, porque ellos no reconocen cuál es su verdadera condición o porque no están dispuestos a dejar que Dios haga lo que Él desea hacer.

Hoy estudiaremos de esta enfermedad fatal que terminará por destruirnos a todos, a menos que aceptemos la ayuda ofrecida por Dios.

LA ENFERMEDAD DEL PECADO
1. ¿Cómo define la Biblia el pecado?
a. **Santiago 2:9** Hacer_____ de personas.
b. **Santiago 4:17** Saber_____ y no _____.
c. **1 Juan 5:17** Toda_____.
d. **1Juan 3:4**_____ de la ley de Dios.
NOTA: Todas estas acciones del ser humano se expresan como consecuencia de la desobediencia a Dios y a su voluntad revelada.

2. ¿Qué otra cosa, aparte del acto mismo, considera Dios como pecado?
a. **Mateo 5:21-22**._____
b. **Mateo 5:27-28**._____

EL PECADO COMO CONDICIÓN O NATURALEZA.
3. ¿Cómo se expresaron Pablo y el rey David, sobre su naturaleza de pecado?
a. **Romanos 7:20**. _____

b. **Salmo 51:5**. _____

NOTA: Tanto "el pecado que mora en mi" como en "pecado me concibió mi madre" expresan la condición o naturaleza del hombre luego del pecado de Adán.

4.¿Cómo cambió la naturaleza de Adán después de pecar? Génesis 3:10.

_____

NOTA: Cuando la presencia divina se manifestó en el Edén, en su anterior estado de inocencia y santidad Adán y Evan solían dar alegremente la bienvenida a la presencia de su Creador; pero ahora huyeron aterrorizados, y se escondieron en el lugar más apartado del huerto. Y Dios tuvo que preguntar: Adán, ¿dónde estás?

5. Con esa naturaleza actual con la cual nacemos, ¿cómo estamos todos ante Dios? Romanos 3:23.

_____ de la gloria de Dios.

NOTA: La Biblia dice que el pecado y la muerte se extendieron a toda la humanidad porque todos han pecado y la paga del pecado es muerte. Romanos 6:23.

EL PECADO COMO ELECCIÓN
6. ¿Cuántos de los mandamientos de Dios podemos desobedecer para convertirnos en pecadores? Santiago 2:10-12.

_____

NOTA: Aun cuando no hayamos desobedecido ningún mandamiento el salmista David dice que somos pecadores por nacimiento. "Se apartaron los impíos desde la matriz; Se descarriaron hablando mentira desde que nacieron". Salmos 58:3 Nacemos con naturaleza y tendencia al pecado. Solo basta nacer para ser un pecador.

7. ¿Qué deseaba saber Pablo y dónde encontró, perdón y salvación? Romanos 7:24-25.

_____

NOTA: El don de Dios de la vida eterna se recibe al aceptar a su Hijo como el sacrificio que ha provisto. "el regalo que Dios da es vida eterna en unión con Cristo Jesús, nuestro Señor" Romanos 6:23.

PUEDE **SER FATAL**

8. ¿Qué maravillosa promesa me hace Dios, y qué nos limpia del pecado? 1 Juan 1:9,7.

NOTA: ¡Qué mensaje de esperanza! Aunque somos pecadores y estamos condenados a morir no solamente de muerte natural (la primera muerte), sino también la muerte eterna (la segunda muerte), pero ahora por medio de Jesús tenemos esperanza.

Dios nos ama tanto que dio a su Hijo único para que nosotros no tuviésemos que experimentar la muerte eterna (la segunda muerte). Si lo deseamos, podemos vivir con Él durante toda la eternidad. Cuán reconfortante resulta saber que Dios puede salvar y perdonar a todos los que acudan a él y acepten la curación que Él ha provisto. De modo que gracias a la misericordia divina, nadie necesita morir.

ILUSTRACIÓN

Jesús contó la parábola de la oveja perdida para expresar cuán deseoso está Dios por salvar a los seres humanos: "Todos los cobradores de impuestos y los pecadores se acercaban a Jesús para oírle, y por esto los fariseos y los maestros de la ley le criticaban, y decían:

"Este hombre recibe a los pecadores, y come con ellos"

Exprese sus sentimientos marcando algunas de las opciones siguientes:

■ Reconozco que soy un pecador separado de Dios.

■ Me doy cuenta que no puedo salvarme a mí mismo.

■ Deseo sinceramente que Dios me perdone y me salve.

Asignación

1. Haz una lista de todas las personas que necesitan tu perdón, ora por ellos. Define el momento oportuno para pedirles perdón o perdonarlos.

2. Lee esta hermosa historia de perdón en Juan 8:1-11. Descubre tres lecciones sobre el perdón de Dios.

Lección 2

PUEDE SER FATAL

Entonces Jesús les puso este ejemplo: "¿Quién de ustedes, si tiene cien ovejas y pierde una de ellas, no deja las noventa y nueve en el campo y va en busca de la oveja perdida, hasta encontrarla? Y cuando la encuentra, la pone sobre sus hombros contento, y al llegar a casa, junta a sus amigos y vecinos y les dice: "Alégrense conmigo, porque encontré la oveja que se me había perdido".

Les digo que de la misma manera hay más alegría en el cielo por un pecador que cambia de actitud, que por noventa y nueve personas buenas que no necesitan cambiar de actitud" (Lucas 15:1-7)

¿Está usted cansado de vagar lejos de Dios y de sentir el peso de las preocupaciones? ¿Le gustaría saber que sus pecados han sido perdonados y que usted ha sido salvado de sus pecados? Si es así, acepte el regalo que Dios le ofrece, por medio de Cristo, y podrá disfrutar de esta seguridad y de una paz infinita.

RESUMEN: VERDADERO O FALSO. Encierre en un círculo la respuesta que considere correcta.

V – F 1. **Pecado es romper nuestra relación con Dios.**

V – F 2. **Pecado no es una condición con la cual nacemos.**

V – F 3. **Los pecados se expresan en pensamientos, palabras y acciones.**

V – F 4. **La gran prueba de amor es Cristo ofreciendo su vida por nosotros.**

V – F 5. **Solo Jesucristo puede restaurar nuestra relación con Dios y limpiarnos del pecado.**

Lección 3

JESÚS TOMÓ MI LUGAR

Hace muchos años, vivían en Francia dos hombres que eran muy buenos amigos. Pasó el tiempo, y uno de ellos fue condenado a prisión por el gobierno. Fue juzgado por un crimen contra el Estado, se le encontró culpable y fue sentenciado a muerte. No había forma en que pudiera escapar de su sentencia y tampoco había manera de escapar de la prisión.

El amigo del preso no se había olvidado de él. Desarrolló un ingenioso plan para salvarlo de la muerte. Obtuvo permiso para visitarlo en su celda. Mientras se hallaba solo con él, cambió las vestiduras que llevaba por las del preso, y éste hizo lo mismo con las de su amigo, el cual tomó el lugar del preso en la celda. Así el condenado pudo salir de la prisión y lograr su libertad.

Al día siguiente, el amigo fue ejecutado, mientras que el expresidiario huyó del país. Había obtenido su libertad porque un amigo lo amó lo suficiente como para tomar su lugar y morir en lugar de él, de modo que no tuviese que pagar la pena de su crimen.

El relato es un ejemplo imperfecto de lo que nuestro Amigo, Jesús, hizo por nosotros. Dejó las gloriosas cortes celestiales, descendió a esta cárcel del pecado para tomar nuestro lugar, porque nos amaba en gran manera. Murió con el fin de liberarnos de la penalidad del pecado, la cual es la muerte. Jesús dijo, "El amor más grande que uno puede tener es dar su vida por sus amigos." Juan 15:13.

Hoy veremos la disposición que Dios tuvo para sacrificarse con el fin de permitir que una vez más llegáramos a ser sus hijos y pudiéramos así vivir con él por toda la eternidad.

¿CÓMO DEMOSTRÓ DIOS SU GRAN AMOR POR TI?
JUAN 3: 16

JESÚS PAGÓ LA PENA POR EL PECADO DE ADÁN

1. Según el ángel que anunció su nacimiento ¿para qué vino Jesús a este mundo? Mateo 1:21.

NOTA: 1 Juan 3:5: "Ustedes ya saben que Jesucristo vino al mundo para quitar nuestros pecados "

2. ¿De qué otra manera expresó Jesús su misión? Lucas 19:10.

3. Si la penalidad por su pecado es la muerte, Génesis 2:17¿Por qué Adán y Eva no murieron inmediatamente? Apocalipsis 13:8.

NOTA: Adán y Eva no murieron el día que pecaron porque el Sustituto fue introducido entre la pena de muerte y Adán ese mismo día. Jesucristo tomó el lugar de Adán, y personalmente pagó la pena por su pecado al morir en la Cruz. "¿Por qué no se puso en vigor la pena de muerte inmediatamente? El unigénito Hijo de Dios se ofreció como voluntario para tomar sobre sí mismo el pecado del hombre y para hacer la expiación de la raza caída... El instante en que el hombre acogió bien las tentaciones de Satanás e hizo las mismas cosas que Dios le había dicho que no hiciera, Cristo, el Hijo de Dios, se colocó entre los vivos y los muertos. La muerte expiatoria de Jesús afectó directamente a Adán y Eva y a toda la raza humana. Jesús pagó la pena por el pecado de Adán, exactamente como se especifica en Génesis 2:17.

JESÚS TOMÓ **MI LUGAR**

4. ¿Cómo ilustró Dios en los cuerpos de Adán y Eva, lo que Cristo haría como sustituto? Génesis 3:21.

_____

NOTA: En gran manera me gozaré en Jehová, mi alma se alegrará en mi Dios; porque me vistió con vestiduras de salvación, me rodeó de manto de justicia. Isaías 61:10.

5. ¿Quién era Cristo, según San Juan el Bautista? Juan 1:29.

_____

NOTA: Durante muchos años los judíos habían sacrificado corderos como ofrendas por el pecado. Confesaban sus faltas sobre las cabezas de esos inocentes animales y los mataban. De este modo mostraban su fe en el sacrificio que Dios proveería para quitar su culpabilidad y sus pecados. Juan el bautista, señaló que el cordero del sacrificio representaba a Cristo, el verdadero Cordero de Dios.

6. ¿Se sintió Cristo alguna vez tentado a pecar? Hebreos 2:18 ¿Cometió Cristo algún pecado? 1Pedro 2:22.

_____

NOTA: Él es capaz de comprendernos y ayudarnos porque fue tentado en todo pero sin pecado. Hebreos 1:15. Pues nuestro Sumo Sacerdote puede tener compasión de nosotros por nuestra debilidad. En la antigüedad la gente debía traer un cordero sin imperfecciones. Debía ser un sacrificio perfecto. Esto representaba la perfección y ausencia absoluta de pecado que tendría nuestro Señor. El pudo morir por nosotros porque no tenía pecado. No tuvo que morir por sus propios pecados.

7.¿Cómo demostró Dios su gran amor por el ser humano? 1Juan 3:16.

_____

NOTA: Cristo murió por el quebrantamiento de su corazón. No fueron las heridas (de sus manos o sus pies, sino las heridas que nuestros pecados hicieron en su corazón, las que le causaron su muerte). Los soldados romanos se aseguraron de que Cristo estuviera muerto. Más cuando llegaron a Jesús, como le vieron ya muerto, no le quebraron las piernas. Pero uno de los soldados le abrió el costado con una lanza, y al instante salió sangre y agua. Juan 19:33-34.

JESÚS TOMÓ **MI LUGAR**

8. ¿Qué procuró hacer Cristo por nosotros mediante su muerte y qué llevó Cristo sobre sí en la cruz? 1 Pedro 3:18 y 1 Pedro 2:24-25.

_____

NOTA: La sangre de Jesucristo su Hijo nos limpia (purifica) de todo pecado.

Al ver su espalda ensangrentada, al oír a la gente burlándose y al sentir su caminar lento y tembloroso y al verlo morir por ti, ¿puedes rechazar a Jesús como tu Salvador?. El hizo todo lo que le era posible ante el Dios supremo del universo, con el fin de rescatarte; pagó el precio por nuestro pecado y nuestra rebelión. ¿Extenderás el brazo de la fe y aceptarás el sacrificio que hizo en tu lugar?

HISTORIA

Años atrás, una tribu de gitanos viajeros llegó a un río que las lluvias habían hecho salir de su cauce. El único puente que permitía cruzarlo era viejo y peligroso, pero usarlo era la única forma de cruzar. Cuando uno de los vagones se hallaba en medio del puente, éste se desplomó, lanzando el vagón y la familia de gitanos, que en él viajaba, a las turbulentas aguas. El vagón había llevado a una madre y su hijo, el cual era un joven fuerte y buen nadador. La madre era anciana y débil, de modo que el agua la arrastró río abajo. Varias veces se la vio sumergirse por completo.

JESÚS TOMÓ **MI LUGAR**

Mi reacción ante esta lección, es:

- ☐ Acepto su sacrificio por mí.

- ☐ Amo a Cristo por lo que estuvo dispuesto a realizar por mí.

- ☐ Reconozco a Cristo como mi Salvador Personal.

Asignación

1. Cuenta a tres personas que hoy aceptaste a Cristo como tú Salvador Personal.

2. Haz una lista de cinco personas que crees que necesitan aceptar a Cristo y ora cada día por ellos. Y ayuda a dos a que comiencen a conocer la hermosa obra de Cristo en tu favor.

3. Lee Marcos 15:16-20 y describe cinco aspectos de la tortura que Cristo padeció por ti.

Rápidamente, el hijo nadó hasta alcanzarla y procuró salvarla, pero frenética de terror, ella se aferraba de su hijo y lo arrastraba consigo bajo el agua. El se soltaba y procuraba de nuevo salvarla, pero cada vez sucedía lo mismo. Por fin, un último embate de la corriente arrebató a la madre la sumergió, esta vez para siempre. Los otros gitanos que ayudaron al muchacho a salir del agua, escucharon que éste decía una y otra vez: "¡Traté de salvarla, pero ella misma me lo impidió!"

Ojalá que Cristo nunca tenga que decir eso de ninguno de nosotros: "¡Procuré salvarlo, pero él no me lo permitió!" ¿Te gustaría decidir ahora mismo y rogarle que te salve? Díle cuánto lo amas por el gran sacrificio que él realizó para tu beneficio.

Si elegiste alguna de las tres opciones como reacción a esta lección, haz esta oración especial. *"Señor Jesús, te necesito. Gracias por morir en la cruz para pagar por mis pecados. Te pido perdón por ellos y te recibo como mi Señor y Salvador. Gracias por darme el regalo de vida eterna. Deseo cambiar y vivir una nueva vida contigo como mi Señor y Salvador. Escribe mi nombre en el libro de la vida y prometo serte fiel y justo. Gracias Jesús. Amén."*

Si hiciste esta oración con fe. ¡Felicidades! Haz recibido a Jesucristo como tu único Salvador, recuerda que si lo pediste de corazón Dios hará cambios en tu vida.

RESUMEN: VERDADERO O FALSO. Encierra en un círculo la respuesta que consideres correcta.

V – F 1. Adán y Eva no murieron ese mismo día porque Dios se arrepintió.
V – F 2. A pesar de una vida pura, Cristo cometió pecado al ser tentado.
V – F 3. Las túnicas de pieles (en el Edén) fue un símbolo de Cristo como sustituto.
V – F 4. El cordero de Dios significa que Cristo fue sacrificado en mi favor.
V – F 5. Aceptar a Jesucristo como salvador restaura nuestra relación con Dios.

Lección 4

PARA TI, SIN COSTO

El Dr. Luis Slotin era un hombre de ciencia de 34 años de edad. Trabajaba en el laboratorio atómico situado cerca de Los Álamos, en Nuevo México, cuando en mayo de 1946 perdió la vida al realizar un experimento que él llamaba "hacerle cosquillas al dragón en la cola".

Este experimento, consistía en manipular dos mitades de una esfera hecha con Uranio, acercándolas hasta el punto crítico y separándolas justamente antes de que se formara la letal reacción en cadena. Una mañana, el Dr. Slotin se hallaba manipulando las dos mitades de la esfera de metal con un destornillador para acercarlas al punto crítico. Cuarenta veces antes le había hecho "cosquillas al dragón", pero en esta ocasión algo falló. La aguja del contador de Geiser comenzó a agitarse con rapidez y luego se detuvo del todo. Aquello era una indicación de que el material se había puesto peligrosamente radioactivo. Slotin inmediatamente separó las dos masas de metal con las manos. Así salvo la vida de otros en el laboratorio, pero a los nueve días falleció a causa de la radioactividad.

En el Calvario, nuestro Salvador Jesucristo, se arrojó sobre la peligrosísima radioactividad del pecado y logró interrumpir la cadena de reacción que el pecado había causado. Así, se cumplieron las palabras de los burladores que decían: "A otros salvó, a sí mismo no se puede salvar" (Mateo 27:42). Para hacer posible la salvación del hombre, el Hijo de Dios debió morir y dar al hombre la esperanza de salvación. ¿Te gustaría disfrutar de la experiencia de la salvación? Hoy mismo está a su alcance, mientras estudias esta lección.

¿CÓMO RECIBIMOS EL DON DE LA GRACIA DE DIOS?
EFESIOS 2:8

CRISTO MURIÓ POR NUESTROS PECADOS

1. ¿Puede el hombre salvarse del castigo del pecado, si guarda la ley de Dios? Romanos 3:20.

_____

NOTA: La Biblia describe los mejores esfuerzos que el hombre puede hacer en procura de alcanzar justicia, "Todos nosotros somos como suciedad, y todas nuestras justicias como trapo inmundo" Isaías 64:6. ¿Cómo podría esta clase de vida limpiar los pecados que hayamos cometido?

2. ¿Cómo se salva el hombre del pecado y la muerte? Efesios 2:8.

_____

NOTA: Nadie recibirá jamás la vida eterna debido a sus buenas obras. Desde Adán hasta el último ser humano, todos serán salvos únicamente por la vida de Cristo. Y esa es, fue y será la _única_ manera de obtener la salvación. Hechos 15:11. No hay nada que podamos realizar para merecer la vida eterna. Dios no nos concede este don porque lo merezcamos, sino porque nos ama.

3. ¿Qué debía hacer el carcelero para ser salvo? Hechos 16:30-31.

_____

NOTA: Creer significa más que el conocimiento intelectual. Si deseamos recibir a Cristo como nuestro Salvador, debemos creer que Él murió por nuestros pecados, y debemos rendir nuestra voluntad a su control.

4. ¿Cuánto nos cuesta ser justificados? Romanos 3:24.

_____

NOTA: Recibirlo por gracia significa que NADA puedes o debes hacer para obtenerlo. Efesios 2:8.

5. ¿Cuál es la condición para que sean borrados los pecados? Hechos 3:19.

_____

NOTA: El arrepentimiento implica sentir verdadera tristeza por el pecado y abandonarlo. Mientras no lo repudiemos el pecado de corazón, no habrá un cambio real en nuestra vida.

6. ¿Qué seguridad nos da Dios de que nuestros pecados serán perdonados? 1Juan 1:9.

_____

NOTA: La Biblia no solo nos da la seguridad del perdón sino que añade que será completo. Hebreos 8:12. "Yo les perdonaré todas sus maldades, y nunca más me acordaré de sus pecados"

7. ¿En qué nos convierte Dios cuando recibimos a Cristo y creemos en su nombre? Juan 1:12.

_____

NOTA: Así es; a todos quienes lo recibieron y creyeron en Él, les concedió el privilegio de llegar a ser hijos de Dios.

8. ¿Qué invitación extiende Cristo al pecador? Apocalipsis 3:20

_____

NOTA: Siendo justificados gratuitamente por su gracia por medio de la redención que es en Cristo Jesús, Romanos 3:24.

Al saber que Cristo te hace esta divina invitación, ¿Deseas abrir tu corazón a la influencia de Cristo y permitirle controlar tu vida desde hoy mismo en adelante?

_Marca tu respuesta: Sí:___ No:___ Indeciso:_____

HISTORIA

Había ocurrido una terrible batalla. Y un anciano, cuyo hijo se había alistado en el ejército; temeroso de que hubiese muerto, fue al cuartel general para averiguar. Uno de los oficiales le dijo que su hijo estaba en la lista de los desaparecidos, y que lo más probable era que habría muerto en acción.

Asignación

1. Haz una lista de cinco personas y ora a Dios para que puedas compartir esta verdad.

2. De esas cinco personas, ayuda a tres a que puedan reconocer que Cristo es un maravilloso Salvador.

3. Lee hechos 16:13-15 y anota dos lecciones.

Lección 4
PARA TI, SIN COSTO

El anciano, se dirigió al campo de batalla con la esperanza de encontrar a su hijo solamente herido. Cuando llegó al lugar, ya la noche había caído. Afortunadamente, en previsión había llevado un farol para alumbrarse, y comenzó la búsqueda. El campo estaba cubierto de muertos y heridos y entre ellos buscó afanosamente. Soplaba un viento muy fuerte que no tardó en apagar su farol, quedando completamente a oscuras porque no había luna.

Entonces el anciano siguió su búsqueda gritando "Juan, Juan Hartmann es tu padre que te llama", pero sólo le contestaba el silbido del viento, el gemido de los heridos y la voz de alguno de ellos que decía; "Ah si fuera mi padre". Y así pasaron las horas de aquella terrible noche con ese padre llamando a su hijo hasta enronquecer. "Juan, Juan...." Ya apenas podía escucharse su voz cuando alguien contestó: "Aquí, aquí papá". El anciano, tembloroso de emoción se dirigió al lugar de donde provenía la voz y allí encontró a su hijo. Abrazándolo dio gracias a Dios porque el muchacho, si bien estaba herido, su lesión no era de muerte. Con la ayuda del padre, el joven llegó hasta el primer hospital donde fue internado para su recuperación.

Jesús, vino al campo de batalla del mundo, llamando a todos los que están debilitados por el terrible poder del pecado. Conoce a cada uno de nosotros por nombre propio: "Carlos... Luis... María... Susana..." ***A todos los que le respondan los tomará en sus brazos, los sanará y los restaurará a la condición Hijos de Dios con todos sus derechos. Amén.***

Díle a Dios que deseas aceptar el don de su gracia. Dile algo como lo siguiente: "Querido Padre celestial: he pecado y estoy muy lejos de ser lo que tú quieres que sea. Anhelo que me perdones completamente y me salves de mis pecados. Acepto a Jesús como mi Salvador. Creo que es tu Hijo y que por su muerte yo soy salvo. Entrego voluntariamente mi vida a Él. Te ruego que entres en mi corazón y me llenes con tu amor. Gracias por escucharme y por contestar esta oración. En el nombre de Jesús, amén".

RESUMEN: VERDADERO O FALSO. Encierra en un círculo la respuesta que consideres correcta.

V – F 1. **Aceptar a Cristo nos restaura a la condición de hijos de Dios.**

V – F 2. **Tenemos que hacer grandes sacrificios y penitencias para salvarnos.**

V – F 3. **Salvos por gracia significa que no hay que obedecer a Dios.**

V – F 4. **Salvos por gracia es ahora mantener una relación de obediencia.**

V – F 5. **Aunque la obediencia NO nos salva es una expresión de amor a Dios.**

Lección 5

NECESITAS UN **NUEVO** CORAZÓN

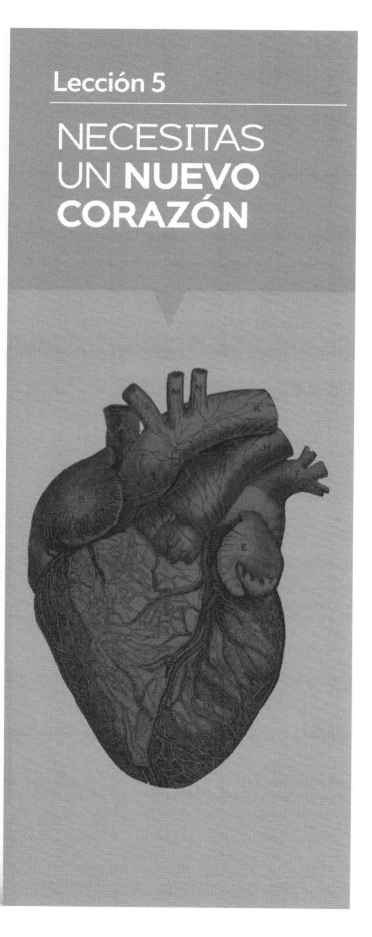

Un grupo de barberos en una convención decidieron demostrar que su profesión podía cambiar a un hombre. Recorrieron algunas calles y encontraron a un borracho que era el cuadro vivo del abandono. Con cooperación lo llevaron y lo bañaron, afeitaron, cortaron el cabello y peinaron en forma inmejorable, y le compraron ropa nueva. Cuando habían completado su trabajo de remodelar al borrachín, era difícil creer que ese hombre transformado que estaba ante la convención era el mismo a quien habían encontrado en la calle. Su aspecto y su "fragancia" eran diferentes, y también actuaba de modo distinto.

Dos días más tarde el hombre estaba nuevamente borracho, acostado en la calle. Había empeñado su ropa nueva y usado el dinero para comprar el licor que lo condujo otra vez a su vicio. Los barberos habían cambiado su aspecto, pero no habían sido capaces de cambiar su naturaleza. Como alguien lo ha expresado: "Ud. puede tomar un cerdo, limpiarlo, perfumarlo, ponerle una cinta en la cola, y cuando se da vuelta, el animal volverá a revolcarse en el barro". Su naturaleza no ha sido cambiada.

Dios ha dicho que por naturaleza el hombre no puede hacer lo bueno. En Jeremías 13:23 se lee: "¿Mudará el etíope su piel, y el leopardo sus manchas? Así también, ¿podréis vosotros hacer bien, estando habituados a hacer mal?" Para que podamos obedecer a Dios y seguir el ejemplo de Cristo, debe efectuarse un cambio en nuestra naturaleza por medio de un poder externo a nosotros mismos. Debe haber un poder que obre desde el interior, una vida nueva de lo alto, antes que el hombre pueda convertirse del pecado a la santidad. Ese poder es Cristo. Veamos cómo dice Dios que este cambio se realizará.

¿QUÉ PASO
DEBES DAR
AL INICIAR TU
VIDA COMO
CRISTIANO?
ROMANOS 6:1-4

EL PODER PARA CAMBIAR TU VIDA RADICA EN JESÚS

EL HOMBRE PREGUNTA Y DIOS RESPONDE

1. ¿Qué problema dijo Pablo que tenía al tratar de vivir como Dios deseaba? Romanos 7:18-20

_____

NOTA: El pecado que mora en nosotros nos imposibilita porque "la educación, la cultura, el ejercicio de la voluntad, el esfuerzo humano, todos tienen su propia esfera, pero no tienen poder para salvarnos. Pueden producir una corrección externa de la conducta, pero no pueden cambiar el corazón; no pueden purificar...". El Camino a Cristo, 18.

2. ¿Por qué dice Pablo que un hombre, en su naturaleza humana, no puede obedecer a Dios? Romanos 8:7.

_____

NOTA: Por nuestra naturaleza estamos enemistados con Dios.

3. ¿Quién rescató a Pablo de este dilema que afrontaba? Romanos 7:24-25.

_____

NOTA: "Debe haber un poder que obre desde el interior, una vida nueva de lo alto, antes que el hombre pueda convertirse del pecado a la santidad. Ese poder es Cristo.". El Camino a Cristo, 18.

4. Cristo, explicando a Nicodemo en una conversación nocturna, ¿cómo le dijo que sería posible a Nicodemo y a todo ser humano, entrar en el reino de Dios? Juan 3:3,5.

_____

Lección 5

NECESITAS UN **NUEVO CORAZÓN**

NOTA: Nacer de nuevo es la conversión. En la entrevista con este dirigente judío, Jesús dio el secreto del cambio que se produce en el momento de la conversión. La conversión significa entregar plenamente nuestra voluntad a Cristo, el Espíritu Santo crea dentro de nosotros un nuevo corazón, es decir, una nueva manera de pensar y sentir. Nos da nuevos deseos, una nueva esperanza y una nueva determinación de seguir a Dios y hacer su voluntad. Esto es lo que Dios promete hacer por nosotros. Este es el nuevo nacimiento por el cual llegamos a ser nuevas criaturas.

5. ¿Por medio de quién se realiza este renacimiento? Juan 3:8.

_____

NOTA: Este es otro milagro de la gracia de Dios. Dios no sólo nos salva y perdona; sino que ahora, a través de la obra del Espíritu Santo, nos da una nueva naturaleza. Promesa que Dios hizo en Ezequiel 36:26: "Os daré corazón nuevo, y pondré espíritu nuevo dentro de vosotros; y quitaré de vuestra carne el corazón de piedra, y os daré un corazón de carne".

6. ¿Qué paso se da para el inicio del nuevo nacimiento? Romanos 6:3-4.

_____

NOTA: El cambio que se produce en el corazón y en la vida de una persona verdaderamente consagrada a Dios no puede explicarse por medios humanos. "De modo que si alguno está en Cristo, nueva criatura es; las cosas viejas pasaron; he aquí todas son hechas nuevas". 2 Corintios 5:17. El borracho deja de derrochar su vida en el licor. Ahora dedica su tiempo a vivir por Cristo. La persona deshonesta se convierte en alguien que ama la honradez y desdeña aquello que anteriormente amaba. Es una nueva criatura en Cristo porque Dios, mediante el Espíritu Santo, lo ha transformado.

7. ¿Qué dos regalos recibe quien se bautiza?

a. Hechos 2:38 _____ y _____.

b. ¿De qué llena el Espíritu el nuevo corazón? Romanos 5:5. _____.
NOTA: El perdón de todos tus pecados y la presencia del Espíritu Santo para continuar una vida en obediencia a Dios. La presencia de su Espíritu hace fuerte tu débil voluntad y hace placentera tu obediencia. Pablo lo dice así: "Dios está obrando entre ustedes. Él despierta en ustedes el deseo de hacer lo que a él le agrada y les da el poder para hacerlo.". Filipenses 2:13.

NECESITAS UN **NUEVO CORAZÓN**

8. ¿Por qué dijo Jesús que los Fariseos no creyeron? Lucas 3:12

_____

NOTA: Los fariseos no creyeron porque no fueron bautizados. La Biblia dice que "el que creyere y fuere bautizado será salvo". Marcos 16:16. Dios desea que expresemos por medio del bautismo nuestro deseo de ser transformado por Él. Cuando reconocemos a Cristo, Dios borra nuestros pecados y escribe sus leyes en la mente y todo esto comienza a ser realidad en tu vida por medio del bautismo. ¿Qué debo hacer para bautizarme? Creer y eso se expresa en una acción: El bautismo.

9. ¿Cuál es designio (deseo) de Dios para ti? Lucas 7:30.

_____

10. ¿Qué pregunta Dios te hace hoy? Hechos 22:16.

_____

¿Cuál es tu deseo?

■ Quiero ser transformado completamente.

■ Permitiré que Cristo dirija mi vida y me dé un nuevo corazón.

■ Testificaré mi entrega Cristo por medio del Bautismo.

Asignación

1. Indícale a tu instructor bíblico, la decisión que has tomado de ser bautizado. Y ora para que Dios te mantenga en ese propósito y el enemigo no te distraiga de esa meta.

2. Después de la próxima lección; comienza un estudio bíblico más avanzado, conciente de que debes prepararte para tomar esa decisión por respuesta al amor de Dios.

3. Lee Juan 3:1-17, escribe y comparte tus impresiones.

Lección 5
NECESITAS UN **NUEVO CORAZÓN**

HISTORIA

En cierta ocasión el Emperador Napoleón I se encontraba delante de un grupo de soldados, cuando de repente su caballo se desbocó; entonces un soldado raso se lanzó hacia el caballo, y, cogiendo el freno del caballo, pudo pronto detenerlo. Entonces Napoleón saludó al soldado raso y le dijo: "Gracias, mi capitán".

El soldado se sorprendió al oír a Napoleón decirle "capitán", pues él era un simple soldado raso, pero inmediatamente pensó que se encontraba delante de Napoleón, y que si él quería, podía hacerlo capitán. Así que, saludó a su Emperador y le preguntó: "¿De qué regimiento, mi Emperador?" El emperador le contestó: "De mi guardia personal." Aquel soldado raso se presentó como capitán ante el jefe de la guardia personal de Napoleón; el oficial, viéndolo con uniforme de soldado raso, le preguntó: "¿Capitán, por órdenes de quién?" — "Por órdenes de mi Emperador, Napoleón I." En ese momento dejó de ser soldado raso y llegó a ser capitán.

Todos nosotros por naturaleza somos "hijos de ira" hijos de desobediencia; pero Dios en su infinito amor e infinita misericordia quiere hacernos sus hijos. Según Juan 1:12, "Mas a todos los que le recibieron, a los que creen en su nombre, les dio potestad de ser hechos hijos de Dios." Hoy, como ese soldado raso, por la fe puedes ser hecho hijo de Dios, pidiendo el perdón de tus pecados, aceptando a Cristo Jesús como tu Salvador personal, dejando que el Espíritu Santo haga su obra regeneradora en tu ser y testificándolo por medio del bautismo.

RESUMEN: VERDADERO O FALSO. Encierra en un círculo la respuesta que consideres correcta.

V – F 1. Puedo ser salvo sin ser bautizado.

V – F 2. Con el bautismo soy lleno del Espíritu Santo y de amor para obedecer.

V – F 3. El nuevo nacimiento comienza con el bautismo.

V – F 4. Para Dios creer es obedecer.

V – F 5. El deseo de Dios es que yo sea bautizado.

Lección 6

VIVIR PARA **OBEDECER**

Un rey déspota había condenado a muerte a uno de sus enemigos, pero para mostrarse misericordioso le propuso perdonarle la vida si era capaz de transportar una copa de agua llena hasta el borde, sin derramar una gota, desde la cárcel hasta su palacio un tanto distante.

Junto a él marcharía un verdugo, espada en mano, que haría rodar su cabeza en cuanto la primera gota del líquido cayera en tierra.

Así el sentenciado fue recorriendo las calles de aquella ciudad, que en esos momentos celebraba una gran fiesta. Para asombro del rey, el prisionero llegó a su palacio sano y salvo."

¿Cómo lo lograste?, preguntó el asombrado rey. El reo contestó: "Majestad, en ningún momento aparté mi vista del borde del vaso".

Solo mirando a Cristo podremos mantenernos sin pecar. Porque Dios dijo: "Mirad a mí, y sed salvos, todos los términos de la tierra, porque yo soy Dios, y no hay más". Isaías 45:22, "Puesto los ojos en Jesús" Hebreos 12:2.

En el mundo religioso hay una gran confusión en cuanto al estilo de vida que ha de vivir un cristiano recién convertido, mientras se prepara para estar con Dios por toda la eternidad.

Algunos creen que el nuevo cristiano no tiene la obligación ni siquiera de pensar sobre cómo vivir una vida santa, mientras que otros creen que el "bebé" en Cristo deseará crecer en la gracia cristiana a medida que llega a asemejarse más y más a su Salvador.

Lección 6

VIVIR PARA **OBEDECER**

¿PARA QUIENES CRISTO ES LA FUENTE DE SALVACIÓN?
HEBREOS 5:9

LOS MANDAMIENTOS SON UNA NORMA MORAL

DIOS TE AYUDA EN LA OBEDIENCIA

1. ¿Qué preciosa promesa hace Dios para aquel que ha nacido de nuevo por medio del bautismo y pertenece a Él? 1Juan 5:18.

_____

NOTA: Que bendición es saber que los hijos de Dios, nacidos de nuevo por el bautismo el maligno NO los toca sin permiso y si lo hace es para Dios permitir una bendición mayor.

2. ¿Qué significa para el cristiano amar a Dios? 1 Juan 5:2-3.

_____

NOTA: Pues este es el amor a Dios, que guardemos sus mandamientos; y sus mandamientos no son gravosos. Los mandamientos se refieren a la norma moral que incluye la observancia del sábado, como día de Reposo, mandamiento que fue escrito por el dedo de Dios. Éxodo 31:18. Ejemplo que fue dado por Cristo mismo. Lucas 4:16. Estos y otros serán estudiados en un próximo estudio bíblico.

3. ¿Qué sucede con el que hace la voluntad de Dios? 1Juan 2:17.

_____

NOTA: No podemos aferrarnos a Cristo con una mano y al mundo con la otra.

4. Está bien, se que debo obedecer pero, ¿quién viene en mi auxilio para ayudarme a obedecer? Juan 14:23.

_____

VIVIR PARA **OBEDECER**

NOTA: Si nos aferramos a hábitos que contaminan el alma y destruyen el cuerpo, ¿cómo podría permitir Dios que lleguemos a participar de su reino perfecto y puro?

5.¿Cómo dice Dios que nos ayudará a vivir por Él? Hebreos 10:16.

_____

NOTA: Pondrá sus leyes en nuestro corazón, no solo como un simple conocimiento intelectual sino con plena disposición a obedecer su voluntad buena, agradable y perfecta. Romanos. 12:1-2.

6. ¿Dónde puedo encontrar la gracia y el poder para vivir una vida santa? Hebreos 4:16.

_____

NOTA: "Dios tiene poder para cuidar de ustedes para que no caigan, y presentarlos sin mancha y llenos de alegría ante su gloriosa presencia" Judas 24.

7.¿Qué sucede cuando nuestra relación con Dios es cercana y profunda? Y ¿quien hace las obrar por nosotros? Isaías 26:12.

_____

NOTA: Si, Dios nos darás paz, porque también nos ayuda a realizar nuestras obras. Dios busca hijos que por sus vidas muestren el poder de la gracia divina. Si el cristiano es una "nueva criatura en Cristo", entonces su familia, sus amigos y la comunidad se darán cuenta de ello por el cambio de su conducta. Continuaremos asemejándonos a nuestro Salvador cuando continuemos orando y estudiando la Biblia. A medida que aprendemos más acerca de Jesús y de su vida, él nos cambiará para que actuemos como él lo hizo mientras estuvo en la tierra.

HISTORIA

Un niñito que vivía cerca del mar talló un hermoso barquito en un trozo de madera. Trabajó con paciencia, poniendo todo su corazón en su creación. ¡Cuánto quería aquel botecito!
Un día las olas se lo llevaron más allá de su alcance. Un marinero lo encontró más tarde y lo vendió. El negociante que se lo compró lo colocó en una vidriera de su tienda con un rótulo que fijaba un precio de cinco dólares.

Un día el niño pasó por allí, vio su bote y al instante lo reconoció.

¿Deseas seguir creciendo en la gracia y en el conocimiento de la voluntad de Dios para tu vida? Entonces selecciona:

- Anhelo vivir una vida victoriosa para Cristo.

- Deseo que su gracia me fortalezca a fin de que pueda obedecerle diariamente.

- La voluntad de Dios es que entregue totalmente mi vida a Cristo y viva en obediencia.

Lección 6
VIVIR PARA **OBEDECER**

Enseguida habló con el comerciante para que le permitiera el tiempo para reunir el costo. Se puso a trabajar para reunir el dinero y por fin pudo comprar su barquito y ahora al estrechar su valioso tesoro contra su pecho exclamó: "Barquito, eres dos veces mío. Primero porque te hice, y ahora porque te compré".

Cada cristiano pertenece dos veces a Dios. Una vez por la creación, y otra por la redención, porque nos compró con su propia sangre preciosa (1 Pedro 1:18).

RESUMEN: VERDADERO O FALSO. Encierra en un círculo la respuesta que consideres correcta.

V – F 1. Dios viene en mi auxilio para ayudarme a obedecer.

V – F 2. El que hace la voluntad de Dios permanece para siempre.

V – F 3. El nuevo nacimiento comienza con el bautismo.

V – F 4. El bautismo es una expresión pública de lo que sucede en mi corazón.

V – F 5. Cuando restauro mi relación con Dios, el obra a través de mí.

Asignación

1. Solicita a tu instructor el curso bíblico La Fe de Jesús u otro. Se ha preparado especialmente para ti, una serie muy valiosa de lecciones bíblicas referentes a los principios fundamentales del cristianismo.

2. Lee Juan 15:1-17 y ora para que Dios confirme tu decisión de obedecerle a pesar las circunstancias y para que otros familiares y amigos se unan al estudio de la Biblia.

CERTIFICADO
LA FE EN JESÚS

Entregamos el siguiente certifiado a:

_____

En reconocimiento a su esfuerzo en terminar todas
las lecciones y asignaciones de este Estudio Bíblico.

Lugar: _____ / _____ de _____ del _____

_____   _____
Instructor   Pastor

ESTUDIO BÍBLICO

LA FE EN

JESÚS

Made in the USA
Monee, IL
05 December 2023

48218988R00020